살암시민 살아진다

실천문학시집선 312
살암시민 살아진다

2024년 07월 24일 1판 1쇄 찍음
2024년 08월 05일 1판 1쇄 펴냄

지은이 안시표
펴낸이·편집장 윤한룡
디자인 윤려하
관리·영업 이소연
홍보 고 우

펴낸곳 (주)실천문학
등록 10-1221호(1995.10.26)
주소 남양주시 퇴계원읍 퇴계원로 52 405호
전화 02-322-2161~3
팩스 02-322-2166
홈페이지 www.silcheon.com

이 책은 제주특별자치도와 제주문화예술재단의 2024년 제주문화예술재단 지원사업 후원을 받아 발간되었습니다.

ISBN 978-89-392-3155-9 03810

살암시민 살아진다

안시표

312

실천문학

제 1 부

제2부

제3부

제4부

제 1 부

개오리나무

뒤뚱뒤뚱 산으로 올라갔어요
탐진각 계곡에 매달려 있는 솔방울 열매 하나
작은 앞톱니근 같은 나뭇잎이 떨어지지 않네요

전화를 피했어요
하나뿐인 피붙이는 허공만 쫓고
홀로된 작은 솔방울 찾는 동생은 막내뿐인데
자식들 눈높이 때문에 힘들었나 봐요

서릿바람이 부네요
의지와 상관없이 남겨진 유산은 산뿐인데
이 겨울 산은 먹을 게 없나 봐요
매일 밤 꿈속에서
날까마귀 떼가 내 어깨를 갉아먹고 사라집니다

부서진 기억을 쪼개다 작아진 솔방울은
혼자만의 행성을 꾸려 우주로 달아나고 있네요
아무래도 거긴 블랙홀인데

나는 보따리 항만 기술자인데요
왜 산으로 뒤뚱뒤뚱 걸어왔을까요
바다를 버리고 작은 솔방울을 버리고
버릴 게 하나 더 있나 주변을 살펴봤어요

어! 하나 있네요
엊그제 초짜 시인 타이틀을 얻었는데요
천만다행입니다
개미등에 올라 저 먼 곳을 바라보는 개오리나무
헐벗은 갈색을 오래 감추고 변명하는 사기꾼 같아 좋았어요

태풍에 사라진 용진각 대피소 빙벽 앞에 서서
내가 나를 가두어두고 행복했으면 좋겠다는 상상을 해봤어요
오리쯤 떨어진 개미등 개오리나무의 서사는 뒤뚱뒤뚱
부모를 버리고 작은동생을 버리고 뒤뚱뒤뚱

나는 여태 술래예요

슬그머니 눈 뜨고 고개 드니 윗세오름 눈부신 햇살이 눈발에 올라탑니다

신들이 내려온다는 샘터에서 목을 축이는 노루 다섯 마리

가족일까요

재빠르게 백록담으로 뛰어가네요

겉 뿔 다 내어주고도 산을 지켜내는 백록의 전설처럼 나도

한 번쯤 웃어주는 작은 솔방울 누님을 만나야겠어요

산골 나비

내 손으로

날지도 못한 새, 눈물 한 방울까지도 죄다 태워진, 부석한 모래알 같은 누이를 내려놓자, 푸른 동산에 팔랑팔랑 나비 한 마리 목함木函에 내려앉습니다

꽃 피는 햇살,

풍경 하나로 청산의 배경이 되어 준 산골 나비

손에서 바람이 팔랑팔랑 일고 있습니다

오래 울고 난 듯 희미해진 눈으로 돌아왔습니다

붉은 담쟁이

어둑해진 산길에 누운 담쟁이를 보았어요 경계를 잡아주던 돌담이 떨어뜨린 담쟁이었어요 담쟁이는 저 혼자 땅 짚고 돌담에 기생하는 슬픔을 알았죠 붉은 달빛 쫓는 이웃 담쟁이는 줄기마다 돌담과 나무를 움켜쥔 바위 무등에 태워져 산속으로 들어갔고 산길에 떨어진 저 담쟁이 하나, 맨땅의 차가운 시선을 느꼈죠 그 옆, 육신이 말라버린 날짐승 한 마리는 미동도 없었어요 길고양이 발조차 허공을 차다만 하루죠 바람도 허기를 감추고 살아 있는 심장을 찾아가네요 달빛 아래 세상에서는 가끔 있는 일이예요.

잠을 잤어요 어디선가 꽁지 빠진 부엉이 한 마리, 돌담에 허기진 발톱을 세우고 붉은 심장을 긁고 있네요 고양이 눈에 박힌 달에서 애처로운 날짐승울음이 들려요 순장을 해야 할지 풍장을 해야 할지 모르겠어요 보내는 계절이 슬픔이라면 남겨진 사랑은 아픔을 삭이는 울음이겠죠 눈물은 강렬한 생을 태우는 일인가 봐요 저물어 가는 슬픔을 알았죠 날짐승의 죽음까지도 후르르 털고 산빛으로 끌고 가는 저 담쟁이, 기어이 산기슭을 태우고 있네요.

아기 밴 돌

제주 서쪽 구비 진 자리에 고내리 마을 이정표가 있지요 소낭밭 동쪽 어구 한 길이 잘려나간 귀퉁이에요 옛날 옛적 마을 사람들은 도채비 불이 자주 날아 다닌다고 했는데 여기가 그곳인가 봐요 지금은 자동차 불빛만 굽이굽이 흘러가는데요 가끔 딱딱한 울음소리 때문에 아스팔트 불빛은 자주 미끄러지고 혹여 비가 오는 밤이면 소리들이 모여 앉아 달리던 바퀴들을 급제동 시켜요 어느 해 이곳에서 큰 사고가 났는데 안전벨트를 맨 아이들만 숨이 멎었대요 넋을 달래는 굿을 했지요 그랬더니 엄마를 부르는 주먹 쥔 작은 손들이 비를 맞고 있더래요 그날 아기 무덤 위에 깔린 아스팔트 위에서 배부른 엄마 무당이 주술을 부리고 마을 사람들은 아기 밴 무당을 따라 빌고 또 빌었더래요 울음이 말랑 말랑 해질 때까지 빌었더래요 다 지어낸 얘기일지도 몰라요

바다를 우렸더니 파랑

해무가 걷히고
적막한 바다가 고요히 밀려온다

새들의 적막이 산등성이를 넘어가면
뿌리의 숨통을 열어놓은 우듬지마다 연둣빛 사랑이 돌고

심장을 씻어 낸 봄비가 깜빡 잠든 사이
허공을 움켜쥔 손마디 마디에 물살이 흘러내리고

너와 나, 두 시의 하품에 기지개를 켜면
바다는 물의 근육에서 팽팽한 졸음을 빼내고 있지

말랑말랑한 연둣빛 허공을 움켜쥔 바다를
내가 노를 저을까
네가 노를 저을래

구름의 일상을 실어 나른 새들의 부리에서

데메테르*의 잎사귀에 입맞춤하는 바다

바다는 구름을 지우고
수평선 너머 별빛이 노을에 맞닿을 때까지

파랑은 너와 나의 얼굴

* 봄의 첫 잎사귀

맨드라미 당신

달빛이 하도 환하여 마당으로 들어선 순간, 수려한 깃털의 선홍빛이 돌담 따라 피었습니다. 줄지어 서 있습니다

뜨거웠던 여름을 삭히려 어머니는 돌담 높이 오르던 수탉 모가지를 비틀어 푸욱 고아진 사랑을 송두리째 지아비께 드렸습니다 시름시름 앓았던 아버지는 달빛 깃든 마당을 거닐다 돌담을 끌어안고 한 뭉텅이 맨드라미 빛 비명을 쏟아 냈습니다

까치놀 낀 마을 산등성이마다 붉은 목줄로 꼿꼿이 피어나는 당신,
오늘도 마당에선 수탉 한 마리가 먼 산을 치켜들며 허공을 쪼아대고 있습니다

자리 물회

비가 올까요
칠석이 다가옵니다
마음에 주문을 걸어봅니다
섬사람의 음식은 사랑입니다

오작교의 은하 별빛, 견우와 직녀를 불러냅니다 일 년 중 하루, 애틋한 만남에 제주 바다는 섬사람의 음식을 건네겠습니다. 투박한 어머니 손길이 지상의 젖은 눈 되어 날된장 한 움큼에 빙초산 한 숟갈, 사랑의 온기를 얹어 놓습니다 생의 어디쯤 섬은 허기진 사랑을 채우듯 제피 향 먼 기억 속 여름 바다에 내려앉습니다. 섬 바다는 처음 훔친 작고 까만 지느러미 입술을 기억합니다 바다는 훔친 맛 그대로 날 것에 파도가 더해진 순간을 기억합니다 푸른빛이 감도는 은색 자리돔 하나가 오름 언덕배기를 넘어 낮은 마을로 뻐끔뻐끔 번져간 아가미의 물길을 기억합니다 집집마다 차마 떨구지 못한 풋풋한 우영팟의 얼얼한 고추와 한철 가실 간 오이며 심줄 곧은 초록 부추와 산속 제피나무의 새초롬한 잎마저 질그릇에 툭 내려앉아 바다의 노을과 마주합니다 노을빛 어둠이 깃들면, 나는 달빛 한 채를 숭숭 썰어 입안 가득 채색하는 바닷속으로 사람이 피고 지는 여름 맛을 전합니다 뭍으로 나와 있는 은은한 달빛이 내게로 오면 작은 물고기 하나, 해초 곁을 떠나지 않고 그 자리 무성한 세월을 기다리듯 꿋꿋이 지켜낸 자리돔을 압니다 칠석날이 오면, 자리돔 하나 먼 오작교를 건너 여름 내내 내 안에서 유영합니다

햇무리

이형블록 제작장 깃대봉 하늘에
동그란 고리 문이 열린다.

지상의 모든 색이 문으로 빨려든다.

하늘은 바닷바람으로 철재 형틀 속 붉은빛을 거두어 가고

그 빛 속에는 노동의 얼굴들이 있다.

콘크리트 반죽에 생기를 불어넣는 형틀 사이로
고리를 매고 딱딱한 그늘을 지켜내는 사람들

바다는 형형색색 지상의 허기를 채우며 저물어간다.
우리는 어디에선가 희미해져 가는 윤곽을 찾는다.

가끔 하늘은 한 줄기 빛을 만나 켜켜이 울음을 쏟아낸다.

저무는 손끝에 얼굴을 가져다 대면 구름 한 점 데생하듯

점점 또렷이 만져지는 노동의 고단함도 기어이 터져 나오는 것이다.

우리가 빌려온 구름 뒤에는 오랜 빗방울이 매달려 있고

그것을 바라보는 눈망울에는 아직 말하지 못한 눈물이 고여 있다.

한 생을 감아올린 하루가 듬성듬성 허물어진다.

그렇게 빛을 찾아간다.

나무 혼자

숲을 잃어버린 벌판에 우뚝 솟은 나무 한 그루

내가 서 있는 이곳

홀로 아득해진다 해도

밤하늘의 별빛도
제 몸 감추듯 아침을 맞는다

벌건 대낮 길 잃은 멧돼지 한 마리
킁킁 흙 속에 앞니를 새겨넣는 것도

휘영청 냄새를 지우는 비바람도
내가 서 있기에 슬프지 않다

사랑받고 있다는 것은
내가 구도를 잡는 일이다

슬픔의 밀착

웃는 연습을 하다가
거울 속 억지웃음을 어떻게 감출까 궁리한다

찌그러진 감정을 분해하면
얼굴에서 또 다른 빛이 나올까

단절된 한 마디를 겨우 내뱉고
남겨진 슬픔을 외면하는 눈빛

잠그고 있다

점점 초조해지는 불안과 조여드는 공포
한쪽으로 기울어지는 생각의 안과 밖

웃음을 간직한 연명 치료를 끝으로
참았던 마지막 숨 뱉어내면

이번 생의 외로움은 모두 창문에 매달려 있다

쓸쓸해진다는 건 고요가 부풀어진다는 것

당신과 나,
마른 벽 사이에 두고 사라진 바람 소리

살짝 벌어진 입술의 어둠 속으로
빈틈없이 채워지는 시간

열리고 닫히는 웃음과 울음에서
인화되지 못한 슬픔이 머뭇댄다

낯선 식사

식탁 모서리 풍파가 둥글게 접히는 시간

마주 앉아 무릎이 꺾일 때까지 아버지의 우직함은 거기 있었나요
풀려버린 입술을 식탁에 올려놓고
나는 한 끼의 밥만 생각하는 게 아닙니다

아버지의 낡은 하루가 어머니의 왼쪽 젖가슴 아래에서 헛기침을 할 때
까만 점 하나가 옹이 진 밥상의 무늬가 되듯
오래전 기억을 잃어버린 동생은 그 까만 점을 잡고 바삐 하늘로 갔지요

오늘도 식탁에서 한 사람을 불러놓고
낯익은 이름들을 세며 낯선 식사를 합니다
내 위에 올려진 아버지를 향한 철없는 원망과 못된 소문들
매운 침묵과 싱거운 웃음으로 소금에 절여 놓듯 헐거워지는 얼굴에

저승꽃이 하나둘 피기 시작하지만 허기진 맛은 그런대로 일품입니다

뭍으로 나온 나의 하루가 식탁으로 바깥을 초대하고
빈 접시에 고여 있는 내 안의 적막까지도 둥글게 말아 넘깁니다
이따금 목구멍이 따끔거리지만 창문을 열면 남쪽 바람에 하루가 안기고 있습니다

누구에게도 가볍게 스치는 하루는 없습니다

빗소리를 듣는 가을

아버지 돌아가시고 기와가 마른 낙엽처럼 푸석거렸고
농사를 그만둔 어머니는 시내에 일자리를 찾으셨다

뿔뿔이 흩어진 오 남매
막내 여동생은 혼자 밥을 먹고 잠을 자고 눈을 뜨고
그래도 섬 바람은 불어 바다는 감실거리고

어머니는 혼자 잠든 막내 생각에
노란 주전자 가득 출렁이는 사골을 잠재우며
십 리 길을 한걸음에 오셨다

어쩌다 비가 올라치면
필라멘트 끊어진 백열등처럼 깜빡깜빡 수은 빛이 닳아진 무릎에선
빗소리보다 더 끙끙 앓는 신음이 밤을 지켰다

가을밤, 이 빗소리도
끊일 듯 끊기지 않고 달려오는 어머니 발자국처럼
자박자박 들린다

어머니의 입동

나무가 이파리를 떨구어 땅을 감싸는 입동에는 산비둘기가 허기 채우듯 내려옵니다.

털 없는 짐승은 부정 탄다 시던 어머니. 소 토끼 말 양의 정한 길짐승 달력 속 겨울나기는 달빛에 콩을 불리며 지나갑니다

고요한 물숨이 휘적휘적 어둑새벽을 깨치고 마른 손이 가마솥에 얹어질 때 어머니의 입동은 군불에 그을음 박힌 매캐한 연기로 피어오릅니다 촉촉한 부리로 가슬가슬 바람 비비며 톡톡 튀어 오르고

가마솥 허리춤에 맺히는 큼큼한 얼룩,
몸이 뜨거웠던 저녁처럼 살갗 터지는 장작 소리,
솥뚜껑 올렸다 내렸다 살 차오르는 소리,
손끝에 잡히는 노란 별 하나 둘 셋 넷,
한 줌 햇살에 아침이 여물어가는 소리,

동살에 서리 녹듯 불그스름 상기된 어머니의 입동이
달곰하게 익어 갑니다

나카스강에 흰 눈이 녹는다

나카스강에 흰 눈이 녹는다
처음 꺼낸 후쿠오카의 이야기
밤거리 불빛을 헤적이며 어디로 흘러가는 것일까

흐린 불빛 번지는 나카스강 선술집 야타이
잠시 흘러들었던 아버지는 독한 술로 잠을 청하고
굳은살 박힌 발바닥 쓸리는 소리에 쌓이는 소금 한 줌
그게 독이 된 줄 모르고

길어지는 그림자를 밟는다

아버지의 봄날은 눈이 녹고
새순보다 꽃잎이 먼저 피는 후쿠오카에서
멀어지는 일

분신 하나 두고 온 저 남쪽 하늘
멀어지는 나카스강 불빛 거리로
사람들이 지워지는 아버지의 화면 속

우리 아들, 대학은 서울로 가야지가
아직도 유통기한이 남았는지 묻고 싶은 밤

빌딩 창문에서 웃고 있는 중년의 캐리커쳐가
멀어져 간 강물 소리에 바다로 다다르는지

여전히 나는 잘 지내는 불빛 속으로
눈꽃도 되어보지 못한 아버지의 낯선 강물을 흘려보낸다

제 2 부

화포 해변에서

밤마다 수척해진 생각은
사라지는 파도처럼 홑겹의 실루엣

마지막까지 떠돌고 있던 나는
새벽이 가까이 있다는 걸 알았다

내 심장이 낡은 기관실처럼 고르지 못한 것은
날짐승의 날개처럼 바람 소리를 물고
썰물처럼 내 안에서 첨벙첨벙
빠져나가는 소리 때문이다

당신과의 하루가
새벽까지 가시지 않은 빛으로 남아
석양의 온기에 바람을 얹어 놓고
서로 바라보다 사라지는 숨결처럼
나는 당신만 보고 간다

흔들리며 가는 것은 내가 아닌
바람이 밀고 가는 구름이다

섣달그믐

저녁이 하얀 발목을 문지르는 눈 오는 날

자정 너머 메인 뉴스는 숫눈 소식에 덮이고
오늘의 알레고리는 이미 소리로 변색되고
길이 길을 지워 버리고

눈 감으면 팽팽한 침묵 위 레일에 서 있는 당신과 나

내 안의 고요도 잠깐
눈보라의 저편에서 마지막 플랫폼까지
시린 연기가 소리 없이 미끄러지네요

내게 머물던 따뜻한 눈빛까지
당신을 보내는 마지막 플랫폼에서
나를 배웅하는 줄 몰랐어요
눈을 떠보니 착한 당신
고요히 스며들던 당신의 맑은 숨결

끝내, 숫눈길을 비워내는 눈물로 얼룩지네요

첫눈

용두암 해변 길목에 멍하니 서서
그대 지척의 안목을 바라보았네

한 사람이 가까워지고 나는
옛사랑을 만난 것처럼 마음이 일렁이네
바람이 아주 먼 곳을 헤매다 쓸려온 것처럼
우두망찰 해변 길목엔 어둠이 깔리고
파도가 우네

해안 가로등 불빛이 옷깃을 여미는 시간
말없이 돌아서는 한 사람 앞에
싸르륵 펼쳐지는 망망대해
멀리서 누군가 걸어오네
길목에 우연인 듯 멈춰 서서

주머니에서 두 손 빼고 하늘을 휘젓는 소리
바다가 애받이하고 있었네

발걸음 오래 묶어
밤하늘 아찔한 풍랑 속으로 양수를 닦아 내며
나는 사라지네
길 잃은 발소리만 어둠을 삼키고

나는 사라지네

겨울나무

눈 덮인 산길을 지우는 까닭을 모르겠다. 무게를 잴 수 있다면 하늘을 떠받치는 네 마음을 디지털 저울에 매달고 싶다. 무심한 듯 젖어 손가락 마디마디에서 마른 삭정이 부러지는 소리를 낸다. 겨울 심장에 둥지를 튼 텃새처럼 붉은 부리로 하늘을 쪼아대는 기억.

새벽부터 길은 없었다. 애초 잘못된 온기를 기다렸을까 나는 숲 밖에서 울고 있다. 파랑은 숲속 빛 한 줄기로 클로로필*에 글썽이다 매달린 채 노을로 물들었던 아름다운 시절을 잊은 겨울나무는 한 줌의 기억을 바스럭대다 묘지명도 없이 숲을 묻는다. 뭣등처럼 울퉁불퉁한 기둥 조각에 발자국을 새겨놓는 산비둘기 몇 마리.

모래성을 쌓듯 겨울을 녹이는 따뜻한 이글루 한 채를 세우고 싶다. 너는 숲의 기둥이어서 하루 한 뼘씩 하늘로 가닿지만 어미를 잃어버린 겨울 텃새처럼 둥지를 찾는 허공은

---

* 엽록소

얼마나 외롭고 쓸쓸할까.

울음에서 울음을 비워내는 겨울나무
겨울 햇살에 낙관을 새기고 있다.

속습허라*

해마다 사월, 당신이 실눈 뜨면 떠오르는 그 말을

아직도 나는 모르겠어

비밀처럼 사방을 두리번대며 나직이 풀려버린 그 말

낮이 밤처럼 적막을 가져와

새벽 고양이의 꼬리마저 담벼락에 묻어버리는 그 말

이상한 건,

그해 외조부를 끌고 간 겨울 동백꽃이

사월에 툭 떨어졌다는 소문이 무성했었는데

* '조용히'의 제주 방언

마을 서낭당 신목 가지에 싸락눈 우는 소리였다지

당신께서 내게 남긴 유일한 표정이었어

불안이 갖고 있는 내 안의 우울한 전언이었어

붉은 담벼락 아래 사월 동백꽃 다시 피어, 하는 말이었어

붉은 안부

차분해진다는 건
옷을 벗고 맨살을 만져보는 것이다
이제 그만 내려놓고
찬바람에 가지를 드러내는 나무와 같이
갈 데까지 가본 이파리는
나무 그늘 아래
붉은 마음을 다독이는 것이다

달빛 아래 귀뚜라미가 한철 울어대는 것은
목울대 붉어지다 식어가는 강줄기에서
가장자리로 밀려나는 만산홍엽의 귀거래를
알고 있기 때문이다

바람에 두고 온 한여름의 안부를 묻는 목소리도
활활 타오르던 쓸쓸한 밤도
순간순간 끊어진 숨소리에 잠기고
별빛 서각書刻을 새긴 밤하늘의 산기슭도
또렷이 붉어진 소리에 쌓여

어둠 속으로 걸어가는 것이다

물오름에 안개가

허공에 촘촘히 박힌 물방울을 살포시 껴안는, 저 빛 속으로

먹이를 찾아 산을 오르는 늑대

지척을 분간할 수 없는 공간에 폭풍우처럼 조여오는 전율

창백한 귀를 막고 꺾인 무릎이 발을 감추고 길이 길을 지운다

쿵쿵거리는, 저 빛은 짐승의 가슴 속까지 조여들 테고

산은 이미 숲을 체념한 듯 색을 내려 놓고 싸늘히 식어 간다

안과 밖의 경계를 무너뜨리는 포식성

목덜미에 깃을 세우고 앞발로 지나온 흔적을 지운다

사냥을 위한 잠복에 발톱이 자라, 저 빛의 세계와 맞닿을 때

늑대는 산을 오른다

송곳니 사이로 거친 콧김을 내뿜으며 산등성이 기생 오름마저 지운다

바람이 숲을 말릴 겨를도 없이 오름 하나를 꿀꺽 삼켜 버린다

구름 사이의 태양은 간신히 제 입을 틀어막고

하늘은 숨 한번 제대로 쉴 수가 없다

사방은 순하디순한 고요로 살아있는 것들의 입을 막는다

능소화

삶을 기웃거리기에는 너무도 맑은 날

생각하면 피식 웃음부터 번지는,

처음으로 마주한 낯선 달빛에
담장 넘는 붉은 꽃 한 송이를 보았지
허공을 타고 넘는 이목구비가 너무 환하여 눈을 마주칠 수 없었지

한 폭의 초록 담장 여백에 붉은 꽃술 흐리게 번지듯

그대도 그렇게 왔지

문 열면 불빛에 매달린 고독에 떠밀려
지천명 지나 여기까지 왔는데

전설처럼
그대가 사라질까 봐

이제는 제 앞길 가듯 하늘만 바라보다 가랬지

우리는 다음 생이나 짐작하면서
하늘로 가는 꽃 한 송이
붉은빛 사위는 먼 풍경을 바라보네

압록에서

탁 트인 벌판 어디쯤에서 산과 산이 만나듯
그렇게 흘러가면 되는 것을

저무는 소리에 얹은 바람도 노을빛에 걸려 넘어지고

하늘의 뭇별도 달빛을 의지하며 흐르고 흘러

여름을 앞서간 나뭇잎처럼
푸른 녹음에 말라버린 가시처럼
내 안에 고이는 바람이나 만지작거리다가
눈물이나 툭, 떨구는데

강가에 우두커니 서서 바람에 기대는 저 갈대처럼

강물처럼 흐르고 흘러야
새 강물을 맞이하지 않겠나

강물의 끝간 데까지 눈길을 던지며

영원으로 흘러가는 강물 소릴 듣게나

바람꽃

이것은 평생 하늘만 바라보다가 별이 된 꽃의 이야기입니다

겨울 들녘에 깡마른 수숫대 쓰러지고
바람에 구름 층층 지고 천둥소리 터질 때
후드득 쏟아지는 빗방울에 눈물이 고여
바닷바람에 맞서는 바람꽃을 본 적 있습니까

가난한 사랑은 가진 것 모두가 사랑이어서
낮은 돌 틈 그늘의 안부를 서로 물어가며 더욱 낯설게 껴안습니다
통증으로 피어나는 야생의 밤에도
바람꽃은 꼿꼿이 하늘만 향할 뿐

가난한 사랑은 소리 내 우는 법을 모릅니다
바람에 묻혀 알 수가 없습니다

이 모든 것이 흙에서 시작되어 하늘에 닿았으므로
가난한 사랑은 하늘만 바라보다 한 줌 흙으로 돌아가는

바람꽃의 영혼입니다
빛과 향기를 잃어버린 저 뭇별들이 큰바람을 일으킬 때

너도 바람꽃
나도 바람꽃

바람의 숨결처럼 저물어 갑니다

문득 발목

구름 몰고 다니는 바람은
밀폐된 안쪽이 궁금하고

왼손과 오른손의 체온은 신발 끈을 묶고
왼발과 오른발의 보폭은 가까움을 움켜쥐고

지금 나는, 여름 해변을 달리는 발목으로
묵상의 안식을 개봉합니다

편의점과 카페를 돌아 바다에 누워 있는 대원암의 불상 앞에서
파도 거품 같은 소멸에 대하여, 인연에 대하여
몽돌처럼 생각이 자그락거립니다

숨이 찬 해변은 파도를 뱉어 내고

내가 볼 수 있는 것을
당신이 볼 수 없는 줄 알면서도

문득, 발목에서 피어나는지
당신은 한번 오셨다 가셨으니 아시나요

바다의 인연에 서 있는 당신
나는 신도 아닌데 바람을 들여다보고 있지요

남은 생을 당신으로 앓아누워도 되겠는지요?

무인도

골목에서 유영하는 물고기들

물비린내가 가득 찼으므로 꿈은 깨졌다

골목 끝 한뎃잠을 잇는 집 한 채,

뒤란의 장독대 바닥에 들러붙은 허연 소금기처럼

다디단 장맛의 물고기 감정을 물웅덩이에 새겨 놓을 때

나는 휘어진 골목 끝 대문을 밀친다

순간, 부서진 흙바람이 훅하고 일렁이더니

구겨진 봉투에 '부재중' 반려返戾 문구가

희뿌옇게 배를 뒤집고 있다

나팔꽃

밤 기차를 탔다 헤어짐의 서사는 이별인데
도착한 종로의 뒷골목은 삐뚤빼뚤

새초롬하게 담장을 기어오르는 저 꽃들

어젯밤 빗속을 저리 홀로 피었을까?

달싹이는 입술들이 푸르스름하다

푸른 여름이 들이치는 빗속을 걷는다

문어

단 한 번의 사랑 때문에, 깊이 더 깊이
심해로 심해로 굴을 찾아 들어간다

온 생애가 다하는 물빛

마지막 숨 끊어질 듯 저 혼자 알을 낳는다

포식자들의 접근을 차단하고
촉수로 알을 만지며 부화시키는 그날까지

풀어지는 눈 똑바로 치켜뜨며 아무렇지도 않은 듯
바위틈에 빨판을 찰싹 붙이고 사방을 주시한다

비릿한 모성의 먹물 한 줌 뿌리고
고생대 지하를 재빨리 잠그듯

살갑게 눈이 멀어져 가는 물고기
알을 낳고 부화되는 순간 이별을 고한다

게들에게까지 살점을 내주면서 물빛 안으로 하늘을 들이는 순간
철썩, 먼 길 가신 내 어머니를 본다

오직, 오 남매의 한 끼 밥을 위하여
눈꺼풀이 하얗게 흘러내리는 청상의 마른 삶처럼

제 3 부

너는 나다

할아버지는 외동 손자인 내게 무소불위의 권력을 주셨다
아버지 눈만 피하면 모든 투쟁은 승리다
나는 권력을 이용할 줄 아는 영악스러움으로 앙앙댔는데
제사상이 차려지는 날이면
젯상 위 과일을 냉큼 집어가는 나를 보며
새파랗게 굳어지던 어머니 낯빛은 지금도 서늘하다

"저놈, 내가 죽어 봐사 정신 차리 죽" 한숨 내쉬던 어머니

세월은 할머니의 방패 막을 뚫어버리고
모든 투쟁의 걸림돌이던 아버지도 가슴에 묻었는데
나는 사랑을 얻고 딸 둘의 아버지가 되었다

쇼핑센터 진열대에 놓인 장난감 앞에서
꼼짝도 않고 엄마를 조르다가 아예 바닥에 눕는 딸

"그냥 내버려 둬, 내가 해 봐서 알아"
가족이 사라지니 벌떡 일어나 두리번거리다가

아앙~ 불맞은 듯 달려오는 아이

내가 나를 보고 있다

잠시 붉어진 어머니의 낯빛이 오늘도 바닥에 쓰러져 계셨다

수잠에 저물어 가는 집

선한 골목길에 여우비 다녀가는 한나절
망초꽃 무리가 팽나무 그늘에 하늘하늘 마당을 적신다

우두커니 늙어가는 팽나무 한 그루
가지 틈새로 솟아오른 저 달무리가
노란 입술을 떼고 흰밥 한 그릇 한 그릇 꺼낼 적
옹이구멍 속으로 가만히 내려앉은 집 한 채

그 많은 입술들, 누가 저 집을 나왔을까

끙끙, 자각몽 기지개 켜는 어머니의 발자국 소리에
마당은 연착하고
나도, 다시 끙끙

마당 가장자리 햇살 아래 찌글어진 양은 냄비, 낡은 바람이 들어차 빗물이 찰랑대고 골목 담장 너머 창문을 수선하는 농발거미 한 마리, 환청의 빗소리를 끌고 다니고

그렇게 다시 수잠에 저물어가는 집

아버지의 방

서쪽으로 가면 한라산이 가려진 마을에 할아버지의 바다와 아버지 방이 있다 큰 벼랑을 마주한 할아버지의 노 젓는 소리가 멀리 떠나면 골목으로 바닷물이 고이기 시작하는데 아침마다 대문 틈새로 메밀꽃 피는 소리가 들리고 갯내음에 베인 살갗으로 아침을 여는 아버지의 방.

아버지는 벽돌을 찍어내고 계셨다 마을을 맴돌던 바다새 한 마리가 벽돌 속으로 들어가 단단히 굳어버린 적도 있다고 한다 아버지의 방은 항상 물이 고이고 그때마다 할아버지는 노를 저었다.

햇살 언뜻언뜻 들어오는 어느 아침, 아버지는 벽돌 곁에 앉아 대문을 걸어 잠그고 바다를 틀어막고 대문은 대문대로 힘겹게 물을 막아내고 있었다.

천천히 대문으로 걸어가서 젖어있는 대문 손잡이를 돌린다 내 손에 할아버지의 노 젓는 군살이 잠깐 박혔다가 이내 검붉은 피가 쏟아졌다 골목 저 끝에서부터 우우우 소란스러운 바다가 아버지의 방을 까무룩 하게 잠수시켜 버렸다.

바람이 노을 끝에 걸리는 날이면 나는 서쪽 벼랑으로 몰아치는 바다 울음을 듣는다 내 몸에 깃든 붉은 시간이 이곳에서는 퇴화하는 푸른빛 기억으로 계속 자라고 있다.

풍경

해안 도로를 타고 푸른 바람이 맴도는 고내로 간다. 여행을 나선 것처럼 낯설게 다가오는 고향길, 비석 탑 삼거리 정자 쉼터를 지나 네거리 중심에는 늙은 팽나무가 의젓하게 늙어가고 내가 살던 집골목 삼거리에도 팽나무가 있다. 마을 곳곳 이야기를 들려주는 팽나무. 여름이면 잠 없는 노인들 불러내어 안부를 묻곤 하는데, 지금은 젊은이들 몇 남아 수군수군 겨우 명맥이나 유지하고 곤한 기억을 안고 귀잠에 빠져버린 어머니 집과 맞은편 등 구부린 낙엽 같은 새우잠을 자는 선배 집도 팽나무 가지에 걸려있다.

경운기 소리로 새벽을 깨우던 선배 아버지는 딸딸이 삼춘. 동네 개들도 다 안다. 새벽부터 경운기 소리를 딸딸딸 딸딸딸 털고 다닌다 선배는 딸딸이 삼춘 아들이다. 그 놀림에 억척스럽게 해병대 UDT를 제대하고, 입만 열면 차량정비 기능장을 딴다고 했었다. 매해 11월 예비군 훈련을 몰아 받을 때쯤이면 우린 밤늦도록 술에 취해 간지러운 희망을 팽나무 아래 묻어두곤 했는데 그가 없는 오늘, 딸딸이 삼춘이 술에 취해 팽나무 그늘 아래 앉아 있다. 그가 중얼거렸던

해병대 권주가를 소리 없이 딸딸딸 딸딸딸 털어내며 대낮부터 가래 끓는 딸딸이 삼촌 입술에 힘없이 실려 간다.

물은 물길을 안다

뭍으로 나와 있는 나는 제주 사람

어느 날 고향 한 줄 우연히 펼쳐놓고
신춘 시인이란 타이틀을 얻었다

어떻게 하면 시가 올까요

제주작가회의 가입원서를 내고
외조부님 4·3 유족 보상금 신청을 하고
나는 시간에 쫓겨 공항으로 간다

공항에 도착하자마자 걸려 온 전화 한 통
선생님 뭍으로 가지 마시고 제주로 직장을 옮기면 안 되나요?

순간순간 지나온 모든 기억이
여기 율촌 앞바다 뻘밭으로 자꾸만 빠진다
당장 버려지는 것 같은 그런 순간순간이

웜하던 대화에서 찾아오는 웃음 뒤의 여백은
종이 한 장 묻어 있을 선잠뿐인데
오늘이 과거를 부정하는 의미로
잠의 실체를 찾고 있다면
나는 거짓이다
율촌 앞바다 뻘밭 현장에 물길을 터놓는다 해도
나는 거짓이다

물은 물길을 안다

등불을 켜는 시간

현무암 기둥을 빠져나온 순비기나무
보라꽃 사이 새벽을 틔우며 지나가는 말똥게 한 마리

빗속을 훔치는 세상, 옆으로 걷는다

가뭇없이 만난 바닷새처럼
구멍 숭숭 난 현무암 속으로
젖은 집게의 흔적을 만진다

희미해진 등대, 뱃머리 아침에
당신이 걸어간 앞산을 향해 모자를 벗고
푸른 방수 외투까지 벗는다

입에서 허파로 고여 드는 고내봉 기슭 당신의 무게가
가려진 동쪽 벼랑 아래
바다의 한 생이 고요히 붉어지는 저녁

슬며시 사방을 틔워내는 순비기나무 꽃숭어리처럼

당신과 나의 자생 인연을 생각한다

비가 내린다 바람이 분다

고요히 등불을 켜는 시간이다

양, 양!*

남도 섬사람들은 말이 참 짧아서 누군가를 부를 때면 양, 양! 하고 부른다 말을 할 때마다 멈칫멈칫하는 게 낯선 사람을 보고 뭘 숨기는 것 같기도 하고 봐봐 길을 걷다 지명을 물으면 나이 지긋한 이들도 위아래를 찬찬히 훑어보며 한참 뜸을 들인다 아무리 생각해 봐도 알 수 없어서 어머니께 여쭤보니 속슴허래 그냥 그렇게 살래 히어뜩이헌** 소리 할 거면 갯갓디*** 나가 보라고 파도가 왜 돌멩이를 그렇게 때리는지 그래도 소란 없이 잠잠해지는 바당을 보라고 섬에서 부는 바람은 안다고 그렇게 삭풍은 어머니 가슴을 붙잡고 우는 거래 누가 묻더라도 쉬이 대답하지 말고 되도록 짧게, 짧게 말하라고

바깥의 소란을 거부하는 환해장성의 외로움을 당신은 아느냐고? 숨 막힌 4·3 세월이 끝난 거냐고?

되려 묻다가, 묻다가 사월 살바람 붙잡고 양, 양!

---

* '저기요' 또는 '여보세요'와 비슷한 제주의 방언

** 정신 어지러운

*** 바닷물이 드나드는 곳의 물가

서릿바람에 동백꽃 곱게 피어도 양, 양!

산지 등대

사라봉에는 하얀빛이 산다

북서풍 바람이 바다에 걸리고 길 잃은 날갯죽지 하나

허기질 무렵

하루의 반쪽, 길을 연다

돌아가지 못한 갈매기 울음처럼 손끝에 맺힌 뱃고동 소리

느릿느릿 봇짐을 풀어놓는다

어둠은 울퉁불퉁한 바람에 흐린 비린내를 풍긴다

때때로 밤하늘 적시는 빗줄기가 사라봉 찔레꽃을 시샘하여 싸락눈은 내리고

시린 봄밤, 어머니를 기다리는 할머니의 아주 먼 이야기

에서

버릇처럼 출렁이는 바닷소리

나는 새벽을 묶는다

민들레 오름

왜 민들레꽃은 저희들끼리 피어
둥글게 부풀어 오르는지 섬사람들은 안다

바다도 오름도
돌아오지 않는 바람을
기다리지 않는다

섬사람들은 대놓고 안부를 묻지 않는다
왜 민둥 오름마다
민들레가 터를 잡았는지
달빛을 품을 수만 있다면
오름 분화구마다 조각달을 채워 놓고
어둠에 퉁퉁 부어오른 달빛으로
틈과 틈을 맞댄 산담*의 비애를 긁어내는지
밤마다 돌 빛에 흘린 지아비 눈물과
눈물을 머금은 지어미 무덤에도

* 능이나 묘의 둘레에 돌려 쌓은 돌

잃어버린 계절을 견디어 낸 민들레 안부가
저희들끼리 피어난 목숨인 것을 안다

바닷바람에게 뭍의 소식을 전해 듣는 섬에서는
사월이면 어지럼증에 몸살을 앓고
오름 꼭지마다 부푼 달빛을 찾아가는 나는
살아남은 민들레 자손이다
민들레 슬픔으로 홑씨를 둥글게 말아
민들레 숨결로 상한 영혼을 날려 보낸다

민들레 오름은 민들레로 꽃 피어 다시 일어선다

다락빌레*의 소沼로 간 소

섬 노을이 바다를 펼치면 다락빌레 벼랑 속으로
거친 숨결 하나, 하늘로 간 소沼에 소가 있었지

도시의 아파트 한 채처럼 송아지를 분양받은 큰어머니
차양 넓은 햇살이 작은 어깨에 내려앉아
들판의 하루가 감투로 숨 차오를 때
다락빌레 한가운데 소沼의 잘근잘근 대는 소리에 잠시 쉬어 가고는 했지

하양 떠밀려 오는 벼랑 파도 소리가
무성한 파동을 이끌고 수초의 혼을 빼놓을 때
개구리 숨죽이며 알 낳은 소리, 공기 방울로 터져 나오고
진흙 물뱀 꼬리는 바람의 온기를 감추며 저물어 갔지
어디선가 장수풍뎅이 물가에 지문 찍듯 소沼 지천을 쿵쿵 울리며
소의 발굽 소리 다가올 적, 겁 없이 손에 쥐어진 버들 막대

---

* 제주시 애월읍 고내리 해안가에 있는 조그마한 공원이자 쉼터인데, 물건을 넣는 다락처럼 암반이 널리 깔려있다고 해서 붙여진 이름이다.

하나

물가에 비친 늙은 호박 같은 엉덩짝을 찰싹 내리치고는 했어

목을 축이는 소의 울음 곁, 하얀 목덜미를 씻는 큰어머니의 환한 하루가

이렇듯 흘러가는 어진 눈매에
느려도 천 리를 가는 황소의 콧김으로
점점 소沼와 뜨겁게 맞닿던 어느 여름날이었어

꿈결 소沼에 비친 낮달을 사각사각 베어 물다
생이가래 속으로 툭 떨어진 이빨을 찾으려 손을 집어넣던 딸애
간질대는 물뱀에 울면서 깨어난 다락빌레엔
종일 비가 내렸고
웃자란 풀을 쫓다 벼랑 아래로 큰어머니의 황소는 별안간 떨어졌지

바다는 굵어지는 빗소리에 큰어머니 상혼喪魂의 궁핍을 남기고
그 해, 무른 콜타르 감정이 다락빌레 소沼를 자르니
쭈욱 뻗어나간 신작로에 소금 핀 마른 눈물만 번져갔어

서쪽 돌 염전 따라 빌레의 명치끝을 밟으면 다락쉼터 표지석을 만날 수 있어
바람 부는 날 이곳에 서면 수평선 너머로 간 큰어머니의 황소가
아직도 소沼의 잘근잘근 대는 소리를 씹으며
바다로 터져나간 신음을 삼키는 것 같아 먹먹해지고는 해

서쪽

제주 사람들은 고향이 어디인지 자주 묻는다

'고내'라고 하면
'고내'가 어디지?
한라산이 안 보이는 동네?

뭍에서 온 사람처럼 다시 묻는다

고내, 애월 닿기 전, 서쪽에 계신 내 고향

숲속 나뭇가지는 서풍을 싫어하고
들풀, 들꽃은 서쪽으로 눕는다

서쪽으로 날아간 새들은
하늘 아래 바다에 누워버린 영혼

당신의 그림자도 서쪽이다

고사리 장마

다랑쉬 들녘에 비가 내린다

산줄기에 매달린 오름과 오름마다
4월은 안개를 풀어 비는 내린다

어둠이 길게 자라는 양치식물
곶자왈에 새겨진 선대의 혈관을 찾아
비는 소리 없이 내린다

산이 다랑쉬굴을 숨기고
큰오름과 작은오름이 빗방울에 갇혀
사라진 푸른 안부가 궁금한 새벽

비는 내린다

오름마다 돌덩이를 움켜쥔 마을 신목의 눈빛은 깊어
금줄을 타는 고사리 새순처럼 저 홀로 젖는데

누가 볼까 봐
땅속 깊이 박힌 푸석한 무음無音들
돌아오지 않는 인기척을 기다리며

제주의 봄은 빛보다 먼저 휘휘했던 소문처럼
대지를 훔치며 내린다

아무도 모르게, 알아도 모른 척,

고사리손으로 다랑쉬오름 머리채를 곱게 빗겨내며
가만가만 고여 있는 눈물
사라진 월랑동* 돌기까지 닦아 내린다

안개가 걷히는 순간
제주의 4월은
가시덤불 속 외 고사리 표정으로 젖는다

---

* 구좌읍 세화리 다랑쉬오름 아래 사라진 중산간 마을.

할아버지의 바다

삐걱삐걱 거룻배 기지개 켜는 아침을 지나
이글거리는 정오의 뒤안길
윤슬 푸른 하얀 포말을 찾아 부리로 씻어낸 새 떼의 창공을
남방 큰돌고래의 거친 숨결에서
해독하지 못한 물줄기에서
상흔의 문장을 더듬는다

바다는 당신의 물숨을 단단히 붙잡고
따개비 달라붙는 배 밑창의 긴 여정에
그을린 손등의 소금 자국을 게워낸다

암초의 그림자까지 감싸 안은 바다가
속적삼 풀어헤친 마른 간조대를 끌고 오면
당신의 젖은 기침의 연막은 깊어
놓쳐버린 문장을 찾아야 한다

살아서도 죽어서도 다 쓰지 못하는 문장
해독이 난해한 당신의 적막을 찾아

해초의 눈물까지 말리던 한 줌의 이야기를
별빛과 맞닿을 때까지 나는

시를 써야겠다

끝내, 어둠이 밀려오고
회색빛 소실점이 넘나드는 저 바다에서
쪼그라든 물숨에 새어 나오는 은유 한 줄

살암시민 살아진다*
살암시민 살아진다

삐걱삐걱 가버린 할아버지라는 배 한 척
취하듯 넌출 거리는
당신의 서늘한 문장을 완성해야 한다

---

* "살다보면 살 수 있다"는 제주도 사투리로 "어떤 순간에도 살아가야 한다"는 뜻

제 4 부

안마도

몇천 겹 고여 있는 습한 바람결

뱃머리 울음도 살갑게 반기는 서해 끝단 밀물 소리

선착장 복판 널브러진 꽃게는 허물처럼 웃고
난장 같았던 뱃길에 햇살을 말린다

계선주에 끊어진 밧줄 하나
저 먼 웃음의 행간을 동여맨 바람의 기억을 말리면
붉은 녹만 피다 저물 뿐

팽팽한 밧줄을 읽어냈던 시간들은
모두 어디로 갔을까

기다리는 일이란 옛사랑 같아서
노을도 바다를 집어삼키는 일이다

햇살을 찾아 바다를 떠난 푸른 사람들

남겨진 손목에 맺힌 녹슨 세월을 어찌 잊겠는가

마음 두고 떠난 섬

오늘도 찢어진 그물이 혼자 흔들린다

다시 안마도

눈을 떴다 얼마나 기다려야 아침이 오는가
탕비실에 남은 사과 하나 우적우적 씹으며 동살을 기다린다

커피 보트에 물이 끓고
악마처럼 뜨겁다는 커피 한 모금으로 녹이는 겨울바람,
서해 끝단 영광군 안마도 기슭에서
풍랑에 휩쓸려간 섬사람들의 구구절절
부르튼 손 하나가 옆구리 맨살을 더듬는다

다크 커피향이 머그잔에 퍼진다
안경 사이로 피어난 습기에
뻘 속 움막 조개처럼 캄캄해 뵈는 게 없지만
거짓말처럼 따뜻한 온기가 볼 빨간 세상을 연다

안마도에서는 외로운 것들끼리 운다
바다에 내려앉은 말안장의 산 그림자처럼
문패도 없이 남겨진 노부부의 저녁처럼
허공을 울리는 마을교회 종탑의 실어증처럼

그래, 여기서는 하나님도 마음 놓고 운다

갯벌을 말리며

강물의 기억을 잃어버린 바다를 헤집으면 철새들이 보인다. 갯벌에 부리를 박아 썰물의 소리를 바람에 묻는 철새들. 뻘 속으로 빨려 들어간 그해 여름, 빗소리에 울음을 잃어버렸다.

하늘을 품은 갯벌은 하루에 두 번, 밀물과 썰물의 간격을 잰다. 바람 타는 철새는 썰물의 소리를 기억하고 구름은 축축한 바람을 간직한 채 소멸한다. 나는 어디로 가고 있나.

가늘어진 빗줄기에 여름이 지워진다. 모든 기억이 바다에 닿지 못한다는 것을 알기에 구름 한 점 없는 하늘이 아득해졌다.

쓸쓸해지지 않기로 했다.

파동은 물결처럼 사라진다

까칠한 바람이 여름을 물고 온다
정오는 해변 숲으로 쏟아지고
바다는 수직을 받는다

고요를 머금은 블럭 제작장
물결은 애써 수평으로 숨어들고
변심이 반복되는 유선 목소리
미열처럼 은근히 하달되고
손끝에 매달린 측량의 감각
머리를 질끈 감는다

보이는 검정 시선 하나에 미적대다
바다를 막아선 건들바람
보이지 않은 소리에 마주 서고 굽은 물결로 음폭을 일으킨다
굳어가는 감정 과녁, 활시위는 당겨졌다

남은 여백에 명확히 그은 선

아래로 쏟아지는 시선들
상심의 무게는 바다에 쏟아붓고
시공사와 하도급사의 난독증으로
잠시 외면하는 흔들림의 경계까지

둥글게 퍼져 나가는 바다는
천천히 심장 밖으로 물결을 밀어낸다

비로소 나는 중심을 잡고
바닷속으로 들어간다

해당화

먼 훗날 네가 잊히지 않는 이름으로 불린다면
그건 아마 시가 될 거야

애써 지우려 해도 해변에 노을이 피어나듯
섬마을 모퉁이에 붉은 음각으로 남아

수줍게 밀어 올리는 여름처럼

파도 소리에 맺힌 하얀 거품이
밤새 썼다 지워 버린 새벽으로 찾아와

책갈피 속에 맺힌
낡은 눈물 자국처럼

먼 훗날 네가 잊히지 않는 이름으로 불린다면
나, 매일 바다만 바라보다

치통 저리는 독백으로

눈부신 햇살을 기다릴 거야

소리의 정원

내 친구 중에는 개인택시를 운행하는 돌아온 총각이 있습니다 일찍이 아내와 이혼하고, 성인이 된 애들은 제 갈 길 가고 있어 영혼이 자유롭다고 말해야 할까요 그래서 그런지 그는 “빨리 칠십이 되면 좋겠어, 마누라 있는 놈이나 없는 놈이나 다 똑같게” 아내의 소리를 모르는 친구는 자꾸만 산으로 가자고 합니다 햇살이 나뭇잎에 매달려 있는 이슬 한 방울에도 환청 같은 바람이 흩날리면 그뿐, 그 뒤 풀잎을 적시는 소리를 잊었나 봅니다.

삼나무 숲으로 들어갑니다 피톤치드에 확 감겨 지는 빛의 그을림에 아내의 소리를 가만히 얹어놓습니다 아내는 때론 고사리 비에 젖고 있는 해당화이거나 작달비에 고개 숙인 모란꽃 표정을 짓습니다 잔소리에도 품격을 갖는 아내에게는 왠지 모를 환청 같은 아름다움이 묻어 있습니다.

자유롭습니다 바람에 흔들리는 숲에서 나뭇가지를 꽉 잡아주는 넝쿨 같은 아내의 손마디가 싱크대를 잡고 있습니다 아내의 앞치마에서 질그릇 같은 소리가 방구석을 들여다봅니다 길게 자란 손가락의 행진 소리를 아내는 뒤를 보지도 않고 정원을 가꾸는 정원사처럼 속사포랩을 쏟아내며 하루를 보냅니다.

웃자란 소리에도 격조가 있습니다 허공으로 소멸되는 아내의 구음에도 때론 그리움이 묻어 있습니다 하지만 가까이 울리던 덤덤한 소리에 사금파리 공진을 얹어놓으면 낯 붉어지는 센소리가 탄생 되기도 합니다 소리가 갖는 울음 뒷면에는 잉걸불 같은 부스럼이 존재합니다 항시 아내의 소리에는 존중과 배려가 앞서야 하듯 주어가 없는 문장에서는 감추어진 얼굴을 굳이 찾아내지 않아야 합니다 여름이 지나야 가을이 오고 가을볕에 영그는 모과를 보세요 허공에는 울퉁불퉁한 소리가 매달려 있습니다 간혹 날짐승에 의해 갈변되더라도 아내 입에서 새어 나오는 소리는 모과향이 얹어진 방이란 것을 명심해야 하지요.

버텀애쉬* 1

마른 땅에서 발목이 꺾인 유배지처럼
바람이 된 먼지가 현장을 가둬놓을 때마다
나는 까슬한 살결을 드러낸다

칼칼한 슬픔으로 돌아선 부석한 눈빛들
뜨거운 용광로를 뒤로하고
싸늘히 식어버린 한 줌 가루의 막다른 골목

다시 펴 깔아 젖은 흙과 뒤섞이는 표층 처리 인생

버려졌다고 슬퍼했던 길 위에
율촌 앞바다를 가두어 놓은 만물의 영장은

물의 매개 변수와
흙의 매개 변수를
인공지능으로 해석해 놓더니

---

* bottom ash 석탄 폐기물(底灰)

마침내
따뜻한 다짐의 온기 마디마디가
서로의 몸을 훑어 내다
고른 숨결로 잠을 이룬다

부드러운 손길이 치수治水가 되고
웅장한 기계음이 영혼의 구음久淫이 되니
뭍으로 마주한 기쁨의 눈물 한 방울까지
주름진 매립 벌판의 구멍을 빠져나간다

버려지는 것이 아니라 새살 돋아나듯 갱생하여
아프고 병든 매립지의 퇴적물 식자의 혼을 만지고 있다

까무룩 꺼져가던 저 깊은 푸른 모래알까지
바다 숲의 이름 모를 잔뿌리를 단단한 지층으로 움켜잡는다

여수 · 광양만 발전소마다 은둔했던 검은 연기 속
그 길고도 서러웠던 겹겹의 세월

폐수의 기억을 다 토해내고
융복합 물류 단지 조성이 극진할 때

비로소 나는,
윤슬에 내비치는 검은 슬픔을 천천히 빠져나온다

버텀애쉬 2

인간들은 내게 관심이 많다

어떤 기분으로 환심을 사야 하는지
이모저모 관계를 따져 재빠르게 계산한다

죄수의 그것처럼 부여받은 나의 이름은
사업장 일반폐기물 51-13-03

산업단지의 일꾼이었던 조상의 이력은
태어나자마자 원사였다

검은 그림자가 짙게 뭉친 채
어미의 태를 벗어난 나는
여수 · 광양만 산업 부산물 울음을 쏟는다

인간들의 프로젝트 범주 속
환경 규약에 길들어
넘친다는 것은 생각해 보지 않았다

혼자서는 탈출할 수 없기에
따뜻한 흙의 숨결에 몸을 섞든지
환경인증표지를 수여받아야
폐기물의 천형을 벗을 수 있다
신성장동력의 시동의 기분을 지우고
미분말과 인공골재의 순환으로 거듭나면
산업폐기물과 건설폐기물의 재활용 기분을 샀을까

성형도 인간들이 만들어 낸 미래지향의 과학이고
설계도의 시방기준과 법령 기준은 도덕적 가치 실현인 것을
모성인 산업단지 매립 벌판의 재탄생을 위하여
울음 속으로 꾸꺽 꾸꺽 바람을 삼키는
율촌 앞바다는 이미 알고 있을 것이다

순환 골재

인사를 나눈 후 순박해진 조 과장
무뚝뚝한 얼굴이 풀어졌어요

내 기억에는
대지를 감싸는 햇살과
수런대는 초록 잎 그림자 사이로
바람결 산새 소리 끊어질 듯 이어진 숲이었어요

나는 부러울 게 하나 없는 야트막한 동산을 붙잡고 있었는데
어느 날 뭉툭한 굉음이 쏟아지고 퍼붓는 폭탄 파편에
순간, 기억을 잃어버렸어요

눈을 떠보니 율촌 앞바다

곰보 같은 웃음을 지닌 조 과장 손에
나는 정기적으로 파헤쳐 지고
매립 벌판에 홀로 선 일상처럼 밀려드는 파도의 적막이

고요를 가물이 물고 있어요

약은 약사에게
진료는 의사에게
맡겨지고 부서지고 재생되는 몸

한 치의 틈도 없이 관절마다 쌓이는 재생 뼛조각 시편을 모아
서둘러 공인된 예방 병원으로 보내버리는 조 과장

떠돌이 삼류 인생의 순환도
건강의 알고리즘을 진맥하여 처방하는 일이라

순박한 농촌 언덕의 숨소리는 멀어졌지만
율촌 앞바다, 파랑 소리가 들려와요

간척지 개발에 일조하는 순한 나의 울음은
여기가 마지막이었으면 해요

조과장, 파랑을 부탁해요

밀봉된 사직서

웃음을 용기에 채우 듯
밀봉한 통조림처럼 가공된 하루

법적대리인의 직무에 얹어진 현장의 무게가
부패된 감정을 검열하고 안전과 품질을 고뇌 이는 동안

그는 공무란 겸직으로 죄어드는
현장의 수익구조를 밤샘한다

말라버린 어귀에서 통조림의 원재료를 찾듯
물을 퍼부어 보지만
해안은 가시덤불이 투덜투덜 뻗는 매립지 뻘밭으로
생면부지의 이방인들만 모여들고
면목 없는 수초들만 퀭한 바람에 흩날릴 뿐이다

한 해가 지나가는 길섶에도
충원되는 꽃잎은 보이지 않고
가시덤불 사이로 말라버린 수초의 마음처럼

밀봉된 사직서가
그간 어리석은 질문을 쏟아붓는다

대기업이란 화려한 간판 속에
면접 치르듯 밀봉된 웃음이

증발하듯
차분히 뻘밭을 빠져나간다

현장 실정 보고

가설이란 공간 속에
이론과 실체는 달랐다

어둠과 불빛에 남아있는 고요
사무실의 고요를 풀어내면 이론의 실체가 보인다

점점이 연결되는 선과 선들
말하지 못한 소리에 각을 집어넣으면 요동치는 물결

차분히 물고 가는 하늘에 또 바람이 분다

시퍼렇게 불화하는 말들을 붙잡고
우리가 원하는 것은 율촌 앞바다를 어르고 달래는 일

바람에 손등을 얹어놓는다

겹겹 바람으로 멈칫멈칫하는 형상들
내가 나를 만지고 바다 깊숙이 들여다보면

이론에서 현장의 가설이 시작되듯
가설의 구조는 선과 선의 명암을 읽어내야 한다

분쟁과 갈등의 형상은
언제나 선의 모서리에 숨어 있다

최 차장

방파제 축조 담장 아래 구렁이가 산다

가끔 바다 먹빛 속에서 애먼 어깻죽지 앓는 날
먹이를 낚아채려 도술 아닌 도술을 부리며
온종일 굶주린 낙엽처럼 계면쩍게 웃는다

꿈틀꿈틀 담장을 넘다가도
한순간 깜빡 졸면 다가와 가만히 크기를 가늠해 본다
먹잇감에 대한 본능이다

백 년 묵은 그와 나 사이

재개발 붕괴 아파트 신축 붕괴
신이 내린 잔인한 형벌을 함께 떠받치며
안전 최우선, 품질 강화
목적물의 완성은 공기단축에 원가 절감,
현장 구호는 "필사즉생 필생즉사"이다

최 차장이 며칠째 울음 속으로 숨는다
능구렁이처럼 세상 담장 잘만 넘더니
혼자서 운다
매년 기여되는 현장 특별 성과급도
새파란 자식들 웃음도 뒤로하고

구렁이 담 넘어가듯
한적한 모텔 방으로 들어선다

쌓이는 빈 병에 담장을 넘는 진공 울음소리

담장 밑에 능구렁이 한 마리 산다

7월의 착수계

한 번의 실수도 이해를 허락하지 않는다

간척 사업의 완공을 위하여
지문을 등록한 별동 조직 건설사업관리 기술인들의 눈빛이
이순신 대교를 건너오는
정유년 난중의 거북선처럼 비장하다

선과 선의 눈빛에 치수治水를 벼리는 바람은
세세한 설계도서에 주석을 달고
여수 율촌 앞바다 속으로 한 발 한 발 내딛는다

모성의 자궁에서 빠져나온 철새의 맨발처럼
지나온 바닷길을 가만히 바라보는 또 다른 내가
그을린 여름 바닷속으로 들어간다

7월의 착수계에는
컨소시엄으로 인면에 붉어진 모국어가 외발로 선 채
이제 막 페이지를 넘기고 있다

바다가 주는 갯녹음의 적막을 알고 있는 바람은
한치의 부실도 한치의 부정부패도 허용하지 않는다

굵어지는 빗줄기가 먹장구름 속 철새의 길을 숨겨도, 나는
파도의 숨결까지 깊게 새겨들어야 한다
깊은 호흡으로 파동의 생각을 모으고
열린 가슴으로 바람을 품어

멀리 멀리
가야 한다

발문 · 시인의 말

발문

'보따리 항만 기술자' 초짜 시인의 실정보고서

조성국(시인)

1

어쩌다 "보따리 항만 기술자"가 "엊그제 초짜 시인 타이틀을 얻었는"지 잘 모르겠으나, 좋단다. "변명하는 사기꾼 같아 좋"고 "내가 나를 가두어두고 행복했으면 좋겠다는 상상을 해"서 좋단다. "슬그머니 눈 뜨고 고개" 들어 "윗세오름 눈부신 햇살이 눈발에 올라타"듯 "재빠르게 백록담으로 뛰어가"서 "곁 뿔 다 내어주고도 산을 지켜내는 백록의 전설처럼"(「개오리나무」) 좋아 죽겠단다. 그래서인지 몰라도 안시표는 파랗게 바다를 빚어내듯 우려낼 줄도 안다. "푸른빛이 감도는"(「자리 물회」) 그 바다엔 은백색 자리돔이 펄떡펄떡 뛴다.

비가 올까요
칠석이 다가옵니다
마음에 주문을 걸어봅니다
섬사람의 음식은 사랑입니다

오작교의 은하 별빛, 견우와 직녀를 불러냅니다. 일 년 중 하루, 애틋한 만남에 제주 바다는 섬사람의 음식을 건네겠습니다. 투박한 어머니 손길이 지상의 젖은 눈 되어 날된장 한 움큼에 빙초산 한 순갈, 사랑의 온기를 얹어 놓습니다. 생의 어디쯤 섬은 허기진 사랑을 채우듯 제피 향 먼 기억 속 여름 바다에 내려앉습니다. 섬 바다는 처음 훔친 작고 까만 지느러미 입술을 기억합니다. 바다는 훔친 맛 그대로 날 것에 파도가 더해진 순간을 기억합니다. 푸른빛이 감도는 은색 자리돔 하나가 오름 언덕배기를 넘어 낮은 마을로 빼끔빼끔 번져간 아가미의 물길을 기억합니다. 집집마다 차마 떨구지 못한 풋풋한 우영팟의 얼얼한 고추와 한철 가실 간 오이며 심줄 곧은 초록 부추와 산속 제피나무의 새초롬한 잎마저 질그릇에 툭 내려앉아 바다의 노을과 마주합니다. 노을빛 어둠이 깃들면, 나는 달빛 한 채를 숭숭 썰어 입안 가득 채색하는 바닷속으로 사람이 피고 지는 여름 맛을 전합니다. 뭍으로 나와 있는 은은한 달빛이 내게로 오면 작은 물고기 하나, 해초 곁을 떠나지 않고 그 자리 무성한 세월을 기다리듯 꼿꼿이 지켜낸 자리돔을 압

니다. 칠석날이 오면, 자리돔 하나 먼 오작교를 건너 여름 내
내 내 안에서 유영합니다

-「*자리 물회*」 전문

음력 칠월 칠석 '견우와 직녀를 불러'내듯 '애틋한 만남'에 '투박한 어머니의 손길이 젖은 눈이 되어 사랑의 온기를 얹어 놓'는 섬의 동네에 사는 그는 틀림없이 제주 사람임이 분명하다. "제주 사람들이 고향이 어디인지 자꾸 물으면 '고내'라고 대답하면 '고내'가 어디지?/한라산이 안 보이는 동네?// 뭍에서 온 사람처럼 다시 물으면 '고내, 애월 닿기 전, 서쪽에 계신 내 고향//숲속 나뭇가지는 서풍을 싫어하고/들풀, 들꽃은 서쪽으로 눕는//서쪽으로 날아간 새들은/하늘 아래 바다에 누워버린 영혼//당신의 그림자도" 바로 서쪽(「서쪽」)인 곳에 살면서, 살아오면서 "의지와 상관없이 남겨진" (「개오리나무」) 슬픈 "유산"을 제법 받았다.

"날지도 못한 새, 눈물 한 방울까지도 죄다 태워진," "누이를 내려놓자," "푸른 동산에 팔랑팔랑 나비 한 마리"가 "내려 앉"은 "목함"(「산골 산비」)과 같고, 또 "저 혼자 땅을 짚고 돌담에 기생하는 슬픔"을 서걱대는 부엉이가 "허기진 발톱을 세우"며 "붉은 심장을 긁고 있"고, 그 돌담께를 두리번거리는 "고양이 눈에 박힌 달에서" "애처로운 날짐승울음이 들려"(「붉은 담쟁이」)와서 모골이 다 선연하다.

잇대어서 "제주 서쪽 구비 진 자리에 고내리 이정표"가 새겨진 "소낭밭 어구 귀퉁이에 도채비 불이 자주 날아"다녔던 거기, "지금은 자동차 불빛만 굽이굽이" 흐르고 "가끔 딱딱한 울음소리 때문에 아스팔트 불빛"이 자주 미끄러지고 혹여 비가 오는 밤이면 소리들이 모여 앉아 달리던 바퀴들을 급제동시키는 "큰 사고", 유독 "안전 벨트를 맨 아이들만 숨이 멎"고 "넋을 달래는 굿을" 할 때면 어김없이 "엄마를 부르는 주먹 쥔 작은 손들이 비를 맞고 있"던 그날. "아기 무덤 위에 깔린 아스팔트 위에서 배부른 엄마 무당이 주술을 부리"면 "마을 사람들은 아기 밴 무당을 따라 빌고 또 빌"어서 "울음이 말랑말랑 해질때까지(「아기 밴 돌」)" 빌고 그랬던. 물론 "다 지어낸 얘기일지도" 모르지만 소름이 확 끼친다.

어디 그뿐이랴. "오 남매의 한 끼 밥을 위하여/눈꺼풀이 하얗게 흘러내리는 청상의 마른 삶"(「문어」)이 따라붙고, "윤슬 푸른 하얀 포말을 찾아 부리로 씻어낸 새 떼의 창공을/남방 큰돌고래의 거친 숨결에서/해독하지 못한 물줄기에서"(「할아버지의 바다」) 그런 "상흔의 문장을 더듬"기도 한다. 또 "해마다 사월, 당신이 실눈 뜨면 떠오르는 그 말, 비밀처럼 사방을 두리번대며 나직이 풀려버린 그 말, 낮이 밤처럼 적막을 가져와, 새벽 고양이의 꼬리마저 담벼락에 묻어버리는 그 말, 그해 외조부를 끌고 간 겨울 동백꽃이//사월에 툭 떨어졌다는 소문이 무성했던, 마을." "서낭당 신목 가지에 싸락눈 우는 소리였"으며, "당신께서" 안시표에게 "남긴 유일한 표정이었던, 불안을 갖고 있는" 그에게 "우울한 전언이었던, 붉은 담벼락 아래 사월 동백꽃"이 땅바닥에 "다시 피어, 하는 말이"(「속습허라」) 줄곧 따라붙었다. 또 "가마솥 허리춤에 맺히는 큼큼한 얼룩,/몸이 뜨거웠던 저녁처럼 살갗 터지는 장작 소리,/솥뚜껑 올렸다 내렸다 살 차오르는 소리,/손끝에 잡히는 노란 별 하나 둘 셋 넷,/한 줌 햇살에 아침이 여물어가는 소리,"가 "동살에 서리 녹듯 불그스름 상기된 어머니의 입동이/달곰하게 익어"(「어머니의 입동」) 갔다. 시름시름 앓던, "달빛 깃든 마당을 거닐다 돌담을 끌어안고 한 뭉텅이 맨드라미 빛 비명을 쏟"은 (「맨드라미 당신」) "아버지의 낡은 하루가" "어머니의 왼쪽 젖가슴 아래에서 헛기침을 할 때/까만 점 하나가 옹이 진 밥상의 무늬가 되듯/오래전 기억을 잃어버린 동생은 그 까만 점을 잡고 바삐 하늘로" (「낯선 식사」) 승천한, "인화되지 못한 슬픔이 머뭇"(「슬픔의 밀착」)거리는 식구들의 생애사가 자주 점철된다.

> 할아버지는 외동 손자인 내게 무소불위의 권력을 주셨다//아버지 눈만 피하면 모든 투쟁은 승리다/나는 권력을 이용할 줄 아는 영악스러움으로 앙앙댔는데/제사상이 차려지는 날이면/ 젯상 위 과일을 냉큼 집어가는 나를 보며/새파랗게 굳어지던 어머니 낯빛은 지금도 서늘하다//"저놈, 내가 죽어 봐사 정신 차리 죽" 한숨 내쉬던 어머니//세월은 할머니의 방패 막

을 뚫어버리고/모든 투쟁의 걸림돌이던 아버지도 가슴에 묻었는데/나는 사랑을 얻고 딸 둘의 아버지가 되었다//쇼핑센터 진열대에 놓인 장난감 앞에서/꼼짝도 않고 엄마를 조르다가 아예 바닥에 눕는 딸//"그냥 내버려 둬, 내가 해봐서 알아"/가족이 사라지니 벌떡 일어나 두리번거리다가/아앙~ 불 맞은 듯 달려오는 아이//내가 나를 보고 있다//잠시 붉어진 어머니의 낯빛이 오늘도 바닥에 쓰러져 계셨다

-「너는 나다」 전문

유산과도 같은 외가나 본가의 선대들을 '가슴에 묻'고 영악한 '사랑을 얻'어 후대의 두 딸이 반려하듯 '아앙~ 불 맞은 듯 달려'와서 어우러지는 사연에는 내자가 꼭 낀다. 고즈넉한 해변 어디 "몽돌처럼" "자그락 거"(「문득 발목」)린다. 마치 "고사리 비에 젖고 있는 해당화이거나 작달비에 고개 숙인 모란꽃 표정을 짓"고, "잔소리에도 품격을 갖는" 그녀에게는 "왠지 모를 환청 같은 아름다움이 묻어" 난다. 전라도 광주 어디가 본향이라는 그녀의 "웃자란 소리에도 격조가" 있어 보인다. "허공으로 소멸되는" "구음에도 때론 그리움이 묻어" 난다. "하지만 가까이 울리던 덤덤한 소리에 사금파리 공진을 얹어 놓으면 낯 붉어지는 센소리가 탄생 되기도" 한다. "소리가 갖는 울음 뒷면에는 잉걸불 같은 부스럼이 존재"한다. "항시" 그녀의 소리에는 존중과 배려가 앞서야 하듯 주어가 없는 문장에서는 감추어진 얼굴

을 굳이 찾아내지 않아도 된다. "여름이 지나야 가을이 오고 가을볕에 영그는 모과를" 보며 "허공에는 울퉁불퉁한 소리가 매달려 있"어서 "간혹 날짐승에 의해 갈변되더라도" 그녀 "입에서 새어 나오는 소리는 모과 향이 없어진 방이란 것을 명심해야"(「소리의 정원」) 함으로.

2

여전히 안시표는 섬사람이다. 섬사람이어서 섬나라의 민들레가 왜 "저희들끼리 피어/둥글게 부풀어 오르는지"를 안다. "바다도 오름도/돌아오지 않는 바람"도 기다리지 않는다. 천상 제주 섬사람이어서 "대놓고 안부를 묻지 않는다//왜 민둥 오름마다/민들레가 터를 잡았는지/달빛을 품을 수만 있다면/오름 분화구마다 조각달을 채워놓고/어둠에 퉁퉁 부어오른 달빛으로/틈과 틈을 맞댄 산담의 비애를 긁어내는지/밤마다 돌 빛에 흘린 지아비 눈물과/눈물을 머금은 지어미 무덤에도/잃어버린 계절을 견디어 낸 민들레 안부가/저희들끼리 피어난 목숨인 것을 안다//바닷바람에게 뭍의 소식을 전해 듣는 섬에서/사월이면 어지럼증에 몸살을 앓고/오름 꼭지마다 부푼 달빛을 찾아가"는 방법을 안 그는 "살아남은 민들레 자손이다/민들레 슬픔으로 홑씨를 둥글게 말아/민들레 숨결로 상한 영혼을 날려

보낸다."(「민들레 오름」) 그의 생가 애월, 한라산이 가려진 서쪽 고내리의 다락 쉼터에서 "목을 축이는 소의 울음 곁, 하얀 목덜미를 씻는" 백모의 "환한 하루가" "이렇듯 흘러가는 어진 눈매에/느려도 천 리를 가는 황소의 콧김으로/점점 소沼와 뜨겁게 맞닿던 어느 여름날"(「다락빌레의 소沼로 간 소」)도 알아먹은 듯 상기한다.

"여행을 나선 것처럼 낯설게 다가오는 고향길, 비석 탑 삼거리 정자 쉼터를 지나 네거리 중심에는 늙은 팽나무가 의젓하게 늙어가고" 안시표가 "살던 집 골목 삼거리에도 팽나무가 있"어, 마을 곳곳 이야기를 들려주는 팽나무의 여름 그늘을 쬐며 "잠 없는 노인들 불러내어 안부를 묻곤 하는데, 지금은 젊은이들 몇 남아 수군수군 겨우 명맥이나 유지하고 곤한 기억을 안고 귀잠에 빠져버린 어머니 집과 맞은편 등 구부린 낙엽 같은 새우잠을 자는" 이웃 유제들의 "집도" 몇백 년의 그늘을 키운 "팽나무 가지에 걸려있"(「풍경」)음을 안다.

"고요히 등불을 켜"고 "입에서 허파로 고여 드는 고내봉 기슭 당신의 무게가/가려진 동쪽 벼랑 아래/바다의 한 생이 고요히 붉어지는 저녁.//슬며시 사방을 틔워내는 순비기나무 꽃숭어리처럼/당신과"(「등불을 켜는 시간」) 저절로 형성된 '자생'의 '인연'을 생각한다. 귀가 깊어져 누군가의 말을 알아먹고 들어주는 일을 도맡아 한다.

서쪽으로 가면 한라산이 가려진 마을에 할아버지의 바다와 아버지 방이 있다. 큰 벼랑을 마주한 할아버지의 노 젓는 소리가 멀리 떠나면 골목으로 바닷물이 고이기 시작하는데 아침마다 대문 틈새로 메밀꽃 피는 소리가 들리고 갯내음에 베인 살갗으로 아침을 여는 아버지의 방.// 아버지는 벽돌을 찍어 내고 계셨다. 마을을 맴돌던 바다새 한 마리가 벽돌 속으로 들어가 단단히 굳어버린 적도 있다고 한다 아버지의 방은 항상 물이 고이고 그때마다 할아버지는 노를 저었다.//햇살 언뜻언뜻 들어오는 어느 아침, 아버지는 벽돌 곁에 앉아 대문을 걸어 잠그고 바다를 틀어막고 대문은 대문대로 힘겹게 물을 막아내고 있었다./천천히 대문으로 걸어가서 젖어있는 대문 손잡이를 돌린다. 내 손에 할아버지의 노 젓는 굳살이 잠깐 박혔다가 이내 검붉은 피가 쏟아졌다. 골목 저 끝에서부터 우우우 소란스러운 바다가 아버지의 방을 까무룩 하게 잠수시켜 버렸다.//바람이 노을 끝에 걸리는 날이면 나는 서쪽 벼랑으로 몰아치는 바다 울음을 듣는다. 내 몸에 깃든 붉은 시간이 이곳에서는 퇴화하는 푸른빛 기억으로 계속 자라고 있다.

-「아버지의 방」 전문

'한 생이 고요히 붉어지는 저녁'이 바닷물에 항상 고여 있는 '아버지의 방'에서 노를 저어 가는 할아버지의 바람이 노을 끝에 걸리는 날이면, 그는 '서쪽 벼랑으로 몰아치는 바다 울음을 듣는다.' 그의 '몸에 깃든 붉은 시간이 이곳에서는 퇴화하는 푸른빛 기억으로 계속 자라고 있다.' 이런 안시표가 시를 쓰는 이유가 있다면 무엇일까? 아마도 자기연민 혹은 자기 위로에서 시작되었을 것이다. "부끄러운 슬픔 하나를 꺼내, 서쪽 안부를 묻곤"하면서 아직도 "결핍과 갈등에서/가장자리의 바다를 맴돌"(「시인의 말」)며 빚어냈을 것이다. 그의 "심장이 낡은 기관실처럼 고르지 못한 것"같고, "날짐승의 날개처럼 바람 소리를 물고/썰물처럼" 갸릉갸릉 거리는 그 "안에서 첨벙첨벙/빠져나가는 소리"(「화포 해변에서」)와 같은 결여로 인해 삶의 "구도를 잡는 일"(「나무 혼자」)이기도 하였을 것이다.

시가 사람을 사랑한다고 해서 모든 사람에게 시가 당도하는 것은 아니지만, 사람을 사랑하는 사람에게만은 기어코 당도할 수밖에 없는 게 시다면, 거기에다가 직유와 은유 같은 에둘러 말하기가 없었다면 그의 삶이, 시가 훨씬 더 팍팍 했을 것이다. 해서 그의 시 속에서는 가끔 "양, 양!" 대꾸하듯 거친 말투가 도란거리는지도 모른다.

> 남도 섬사람들은 말이 참 짧아서 누군가를 부를 때면 양, 양!' 하고 부른다 말을 할 때마다 멈칫멈칫하는 게 낯선 사람을 보고 뭘 숨기는 것 같기도 하고 봐봐 길을 걷다 지명을 물으면 나이 지긋한 이들도 위아래를 찬찬히 훑어보며 한참 뜸을 들인다 아무리 생각해 봐도 알 수 없어서 어머니께 여쭤보니 속

슴허래 그냥 그렇게 살래 히어뜩이헌 소리 할 거면 갯갓디 나가 보라고 파도가 왜 돌멩이를 그렇게 때리는지 그래도 소란 없이 잠잠해지는 바당을 보라고 섬에서 부는 바람은 안다고 그렇게 삭풍은 어머니 가슴을 붙잡고 우는 거래 누가 묻더라도 쉬이 대답하지 말고 되도록 짧게, 짧게 말하라고

바깥의 소란을 거부하는 환해장성의 외로움을 당신은 아느냐고? 숨 막힌 4·3 세월이 끝난 거냐고?

되려 묻다가, 묻다가 사월 살바람 붙잡고 양, 양!

서릿바람에 동백꽃 곱게 피어도 양, 양!

-「양, 양!」 전문

'저기요' 또는 '여보세요'의 뜻을 지닌 '양, 양!', 정신이 어지러운 '히어뜩이헌', 바닷물이 드나드는 곳의 물가, '갯갓'의 말투에서 뭍 것(?)에 대한 거부의 드셈이 잔뜩 묻어난다. 무엇보다도 '숨 막힌 4·3 세월이' '서릿바람 동백꽃'처럼 빚어진다. 통곡이고, 반란이고 저항이고, 결사 항쟁이었던 세월이 웅크리며 깃들어 있다. 여린 우듬지 순을 둥글게 감아쥔 '오름'의 '고사리'들처럼 장맛비에 흠뻑 젖어있다. 하여 그를 비롯한 섬나라 사람, 그 "누구에게도 가볍게 스치는 하루는 없(「낯선 식사」)"는 모양이다.

다랑쉬 들녘에 비가 내린다//산줄기에 매달린 오름과 오름마다 /4월은 안개를 풀어 비는 내린다//어둠이 길게 자라는 양치식물/곶자왈에 새겨진 선대의 혈관을 찾아/비는 소리 없이 내린다//산이 다랑쉬굴을 숨기고/큰오름과 작은오름이 빗방울에 갇혀/사라진 푸른 안부가 궁금한 새벽//비는 내린다//오름마다 돌덩이를 움켜쥔 마을 신목의 눈빛은 깊어/금줄을 타는 고사리 새순처럼 저 홀로 젖는데//누가 볼까 봐/땅속 깊이 박힌 푸석한 무음들/돌아오지 않는 인기척을 기다리며//제주의 봄은 빛보다 먼저 휘휘했던 소문처럼/대지를 훔치며 내린다//아무도 모르게, 알아도 모른 척,//고사리손으로 다랑쉬오름 머리채를 곱게 빗겨내며/가만가만 고여 있는 눈물/사라진 월랑동* 돌기까지 닦아 내린다//안개가 걷히는 순간/제주의 4월은/가시덤불 속 외 고사리 표정으로 젖는다

-「*고사리 장마*」 전문

3

"뭍으로 나와 있는" 안시표는 분명 제주도 시인이다. 뭍으로 나오는 "물길"만이 그걸 알아준다. "어느 날 고향" 큰어머니의 이야기 한 줄(「다락빌레의 소沼로 간 소」)을 "우연히 펼쳐놓고/신

춘 시인이란 타이틀을 얻"고 "어떻게 하면 시가 올까요" 여쭙는 "제주작가회의 가입원서를 내고/외조부님 4·3 유족 보상금 신청을 하고" "시간에 쫓겨" 뭍으로 나오고 있는데, 걸려 온 전화 한 통이 안시표에게 "뭍으로 가지 마시고 제주로 직장을 옮기면 안 되나요?" 하며 회원가입을 보류시킨다. 그 순간 "지나온 모든 기억이" 그가 근무하는 "율촌 앞바다 뻘밭으로 자꾸만 빠진다" "당장 버려지는 것 같은 그런 순간순간"과 "원하던 대화에서 찾아오는 웃음 뒤의 여백은/종이 한 장 묻어 있을 선잠뿐인데/오늘이 과거를 부정하는 의미로/잠의 실체를 찾고 있다면" 그것이야말로 "거짓"이라 여긴다. "율촌 앞바다 뻘밭 현장에 물길을 터놓는다 해도"(「물은 물길을 안다」) '거짓'이라고 단정해버린다. 강한 부정이 곧 확실한 긍정이듯이 제주 시인임을 저버리지 않는다.

뭍으로 나온 그는 항만공사의 감리를 본다. 다시 말하자면 건설사업관리기술인이다. 안시표가 하는 일은 발주기관의 감독권한대행으로 건설공사의 관계 법령이나 기준, 설계도서 또는 그 밖의 서류에 따라 적정하게 시행될 수 있도록 관리하거나 시공관리, 품질관리, 안전관리에 대한 업무를 주로 한다. "구겨진 봉투에 '부재중' 반려 문구가//희뿌옇게 배를 뒤집고 있"(「무인도」)는 무인도에서 또는 "풍랑에 휩쓸려간 섬사람들의 구구절절/부르튼 손 하나가 옆구리 맨살을 더듬는" 서해 끝단. "외로운 것들끼리 우는" 어느 섬의 기슭에서 "안경 사이로 피어난 습기에/뻘 속 움막 조개처럼 캄캄해 뵈는 게 없지만, 거짓말처럼 따뜻한 온기"에 젖어서 "볼 빨간 세상을 연다" "바다에 내려앉은 말안장의 산 그림자처럼/문패도 없이 남겨진 노부부의 저녁처럼/허공을 울리는 마을교회 종탑의 실어증처럼" 외따러워도 그가 있는 곳에서는 "하나님도 마음 놓고 운다"(「다시 안마도」)

그러나 하나님은 "한 번의 실수도 이해를 허락하지 않는다//간척 사업의 완공을 위하여/지문을 등록한 별동 조직 건설사업관리 기술인들의 눈빛이/이순신 대교를 건너오는/정유년 난중의 거북선처럼 비장하다//선과 선의 눈빛에 치수(治水)를 벼리는 바람은/세세한 설계도서에 주석을 달고/여수 율촌 앞바다 속으로 한 발 한 발 내딛는다//모성의 자궁에서 빠져나온 철새의 맨발처럼/지나온 바닷길을 가만히 바라보는 또 다른" 그가 "그을린 여름 바닷속으로 들어간다" 그가 쓴 "7월의 착수계에는/컨소시엄으로 인면에 붉어진 모국어가 외발로 선 채/이제 막 페이지를 넘기고 있다/바다가 주는 갯녹음의 적막을 알고 있는 바람은/한치의 부실도 한치의 부정부패도 허용하지 않는다//굵어지는 빗줄기가 먹장구름 속 철새의 길을 숨겨도," 안시표는 "파도의 숨결까지 깊게 새겨들어야 한다/깊은 호흡으로 파동의 생각을 모으고/열린 가슴으로 바람을 품"은 그가 "멀리 멀리//가야"(「7월의 착수계」) 하는 까닭이 여기 있다 할 수 있겠다. 물론 거기, '착수계'에 반하는 "방파제 축조 담장 아래" 살며

"가끔 바다 먹빛 속에서 애먼 어깻죽지 앎는 날/먹이를 낚아채려 도술 아닌 도술을 부리며/온종일 굶주린 낙엽처럼 계면쩍게 웃는" "능구렁이"와 같은 애로사항들도 적지 않았을 것이다.

가설이란 공간 속에/이론과 실체는 달랐다//어둠과 불빛에 남아 있는 고요/사무실의 고요를 풀어내면 이론의 실체가 보인다//점점이 연결되는 선과 선들/말하지 못한 소리에 각을 집어넣으면 요동치는 물결//차분히 물고 가는 하늘에 또 바람이 분다//시퍼렇게 불화하는 말들을 붙잡고/우리가 원하는 것은 율촌 앞바다를 어르고 달래는 일//바람에 손등을 얹어놓는다//겹겹 바람으로 멈칫멈칫하는 형상들/내가 나를 만지고 바다 깊숙이 들여다보면//이론에서 현장의 가설이 시작되듯/가설의 구조는 선과 선의 명암을 읽어내야 한다//분쟁과 갈등의 형상은/언제나 선의 모서리에 숨어 있다

-「*현장 실정 보고*」 *전문*

'시퍼렇게 불화하'듯 건설 시공의 원칙에 위배 되는 일들이 넘쳐났겠으나, 그것이 "법적 대리인의 직무에 얹어진 현장의 무게가/부패된 감정을 검열하고 안전과 품질을" 담보하는 "고뇌"(「밀봉된 사직서」)가 일기도 하였겠으나, '가설의 구조는 선과 선의 명암을 읽어내'듯 '분쟁과 갈등'을 그는 '언제나 선의 모서리에'서 찾아내고는 한다.

면 훗날 안시표가 잊히지 않는 이름으로 불린다면 "그건 아마 시가 될" 것이므로. 아니, "살아서도 죽어서도 다 쓰지 못하는 문장/해독이 난해한 당신의 적막을 찾아/해초의 눈물까지 말리던 한 줌의 이야기를/별빛과 맞닿을 때까지" 시를 지어야 함으로. "끝내, 어둠이 밀려오고/회색빛 소실점이 넘나드는 저 바다에서/쪼그라든 물숨에 새어 나오는 은유 한 줄"(「할아버지의 바다」)을 제주도 사투리로 '살다 보면 살 수 있다'는 '어떤 순간에도 살아가야 한다는 뜻'의 함성을 외쳐도 보는 것이다.

"살암시민 살아진다!/살암시민 살아진다!" 그렇게 "삐걱삐걱 가버린 할아버지라는 배 한 척/취하듯 넌출 거리는/당신의 서늘한 문장을 완성해야"(「할아버지의 바다」)함으로.

시인의 말

바다와
눈을 마주치던 새들이 떠났습니다
나무에서 가지가 뻗어 나가는 동안
벼랑에선 알 수 없는 날갯짓에
파동이 밀려왔다 사라집니다
결핍입니다.

바다는
태양을 집어삼키고
달빛을 덧댄 푸르스름한 하늘 복판으로
쏟아져 내리는 별빛을 담아냅니다
갈등입니다.

나는
부끄러운 슬픔 하나를 꺼내
서쪽 안부를 묻곤 하는데

아직도 결핍과 갈등에서

가장자리의 바다를 맴돌고 있습니다.